El arquero

Paulo Coelho

El arquero

Ilustraciones de Christoph Niemann
Traducción de Pilar Obón

Vintage Español
Una división de Penguin Random House LLC
Nueva York

*A Leonardo Oiticica,
quien, una mañana, viéndome
practicar el* kyudo *en
Saint-Martin, me dio la idea
de este libro.*

Oh María, sin pecado concebida,
ruega por nosotros que a Ti recurrimos.
Amén

Una oración sin objetivo es como una flecha sin arco.

Un objetivo sin oración es como un arco sin flecha.

—Ella Wheeler Wilcox

ÍNDICE

Prólogo

—Tetsuya.

El muchacho miró asustado al extranjero.

—Nadie en esta ciudad ha visto a Tetsuya sujetando un arco —respondió—. Todos sabemos que él trabaja en una carpintería.

—Puede ser que haya desistido, que se haya acobardado, no me interesa —insistió el extranjero—. Pero no puede ser considerado el mejor arquero del país si abandonó su arte. Es por eso que he viajado tantos días: para desafiarlo y poner punto final a una fama que ya no merece.

El muchacho vio que de nada servía seguir discutiendo: era mejor llevarlo con el carpintero para que viera con sus propios ojos que estaba equivocado.

Tetsuya estaba trabajando en el taller situado al fondo de su casa. Se dio vuelta para ver quién llegaba, y se quedó con la sonrisa interrumpida en los labios. Sus ojos se clavaron en la larga bolsa que el extranjero llevaba consigo.

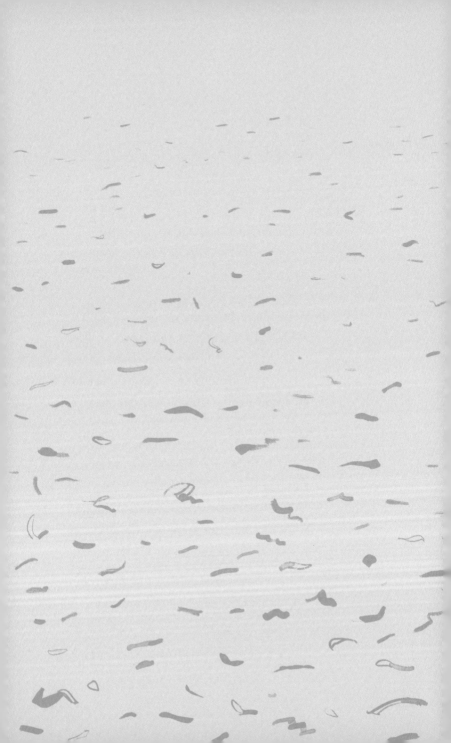

—Es exactamente lo que está pensando —dijo el recién llegado—. No vine aquí para humillar ni provocar al hombre que se ha convertido en leyenda. Solo me gustaría demostrar que, con todos mis años de práctica, he logrado alcanzar la perfección.

Tetsuya dijo que debía regresar a su trabajo: estaba terminando de colocar las patas de una mesa.

—Un hombre que sirvió de ejemplo a toda una generación no puede desaparecer como usted lo ha hecho —continuó el extranjero—. Seguí sus enseñanzas, procuré respetar el camino del arco, y merezco que me vea tirar.

"Si lo hace, me iré para siempre y no le diré a nadie dónde se encuentra el mayor de todos los maestros.

El extranjero sacó de su bolsa un largo arco, hecho de bambú barnizado, con la empuñadura situada un poco por debajo del centro. Le hizo una reverencia a Tetsuya, caminó hasta el jardín, e hizo otra reverencia hacia un lugar determinado. Enseguida, sacó una flecha adornada con plumas de águila, separó las piernas para tener una base firme para tirar, con una mano elevó el arco ante su rostro, y con la otra colocó una flecha.

El muchacho observaba con una mezcla de alegría

y espanto. Y Tetsuya había interrumpido su trabajo, mirando al extranjero con curiosidad.

El hombre llevó el arco —ya con la flecha cautiva en la cuerda— al centro de su pecho. Lo levantó por encima de su cabeza y, mientras bajaba las manos, comenzó a abrirlo.

Cuando la flecha llegó a la altura de su rostro, el arco estaba ya completamente extendido. Por un momento que pareció durar una eternidad, arco y arquero permanecieron inmóviles. El muchacho miraba hacia donde apuntaba la flecha, pero no veía nada.

De pronto, la mano de la cuerda se abrió, el brazo fue empujado hacia atrás, el arco describió un elegante giro en la otra mano, y la flecha desapareció de la vista para volver a aparecer a lo lejos.

—Tráemela —dijo Tetsuya.

El muchacho regresó con la flecha: esta había atravesado una cereza que estaba en el suelo, a cuarenta metros de distancia.

Tetsuya le hizo una reverencia al arquero, fue a un rincón de su carpintería y agarró una especie de madera fina, con curvas delicadas, envuelta en una larga tira de cuero. Desenrolló la tira sin la menor prisa, y apareció un arco semejante al del extranjero, con la diferencia de que parecía estar mucho más usado.

—No tengo flechas, así que necesitaré una de las tuyas. Haré lo que me pides, pero tendrás que mantener la promesa que hiciste: jamás revelarás el nombre de la aldea donde vivo.

"Si alguien preguntara por mí, di que fuiste hasta el fin del mundo intentando encontrarme, hasta descubrir que yo había sido mordido por una serpiente y había muerto dos días después.

El extranjero asintió con la cabeza y le extendió una de sus flechas.

Apoyando uno de los extremos del largo arco de bambú en la pared, y haciendo un considerable esfuerzo, Tetsuya colocó la cuerda. Enseguida, y sin decir nada, salió en dirección a las montañas.

El extranjero y el muchacho lo acompañaron. Caminaron por una hora hasta llegar a una hendidura entre dos rocas donde corría un río caudaloso: solo se podía cruzar ese lugar atravesando un puente de cuerdas podridas, casi desplomado.

Con toda calma, Tetsuya fue hasta la mitad del puente —que se balanceaba peligrosamente—, hizo una reverencia hacia algo que estaba del otro lado, armó el arco de la misma forma en que el extranjero lo había hecho, lo levantó, lo llevó de vuelta a su pecho y disparó.

El muchacho y el extranjero vieron que la flecha había traspasado un durazno maduro que estaba a veinte metros del lugar.

—Tú le diste a una cereza, yo a un durazno —dijo Tetsuya, regresando a la seguridad de la orilla—. La cereza es más pequeña.

"Alcanzaste tu blanco a cuarenta metros y el mío estaba a la mitad de esa distancia. Por lo tanto, estás en condiciones de repetir lo que acabo de hacer. Ve hasta el centro del puente y haz lo mismo.

Aterrorizado, el extranjero caminó hasta la mitad del puente semipodrido, manteniendo los ojos fijos en el despeñadero debajo de sus pies. Hizo los mismos gestos rituales, disparó en dirección al árbol de duraznos, pero la flecha pasó muy lejos.

Al volver a la orilla, su rostro estaba pálido.

—Tienes habilidad, dignidad y postura —dijo Tetsuya.

"Conoces bien la técnica y dominas el instrumento, pero no dominas tu mente.

"Sabes tirar cuando todas las circunstancias son favorables, pero si estás en un terreno peligroso no logras dar en el blanco. Sin embargo, el arquero no siempre puede elegir su campo de batalla, así que vuelve a comenzar tu entrenamiento y prepárate para las situaciones desfavorables.

"Continúa por el camino del arco, pues es el recorrido de una vida. Pero debes saber que un tiro correcto y certero es muy diferente a un tiro con paz en el alma.

De nuevo, el extranjero hizo una profunda reverencia, guardó su arco y sus flechas en la larga bolsa que cargaba al hombro, y se marchó.

En el camino de regreso, el muchacho estaba exultante.

—¡Lo humillaste, Tetsuya! ¡No cabe duda de que eres el mejor de todos!

—No deberíamos juzgar a las personas sin antes aprender a escucharlas y a respetarlas. El extranjero es un buen hombre: no me humilló ni intentó probar que era mejor, aunque diera esa impresión. Quería mostrar su arte y ser reconocido, aunque pareciera que me estaba desafiando.

"Además, forma parte del camino del arco enfrentarse de vez en cuando a pruebas inesperadas, y fue justamente eso lo que el extranjero me permitió hacer hoy.

—Él dijo que eras el mejor de todos, y yo ignoraba

que eras un maestro en el tiro con arco. Si eso es verdad, ¿por qué trabajas en una carpintería?

—Porque el camino del arco sirve para todo, y mi sueño era trabajar con la madera. Además, un arquero que sigue este camino no necesita un arco, ni una flecha, ni un blanco.

—Nunca pasa nada interesante en esta aldea, y de repente descubro que estoy ante un maestro en un arte que a nadie le interesa ya —dijo el muchacho, con brillo en los ojos—. ¿Qué es el camino del arco? ¿Me lo puedes enseñar?

—Enseñarlo no es difícil. Puedo hacerlo en menos de una hora, mientras caminamos de regreso a la aldea. Lo difícil es practicar todos los días hasta lograr la precisión necesaria.

Los ojos del muchacho parecían implorar una respuesta afirmativa. Tetsuya caminó en silencio por casi quince minutos, y cuando volvió a hablar su voz parecía más joven:

—Hoy estoy contento: honré al hombre que hace muchos años me salvó la vida. Por eso te daré todas las reglas necesarias, pero no puedo hacer más que eso: si entiendes lo que te digo, podrás usar esas enseñanzas para lo que desees.

"Hace unos minutos me llamaste maestro. ¿Qué es

un maestro? Pues te respondo: no es aquel que enseña algo, sino aquel que inspira al alumno a dar lo mejor de sí para descubrir un conocimiento que él ya tiene en su alma.

Y mientras descendían de la montaña, Tetsuya le explicó el camino del arco.

Los aliados

El arquero que no comparte con los demás la alegría del arco y de la flecha jamás conocerá sus propias cualidades y defectos.

Por lo tanto, antes de comenzar algo busca aliados, gente que se interese por lo que estás haciendo.

No digo: "busca a otros arqueros". Digo: "encuentra personas con diferentes habilidades, porque el camino del arco no es diferente a cualquier camino que se sigue con entusiasmo".

Tus aliados no necesariamente serán esas personas a quienes todos miran, deslumbrados, y de quienes afirman: "no existe nadie mejor". Por el contrario: serán aquellos que no tienen miedo de equivocarse, y por lo tanto se equivocan. Por eso, su trabajo no siempre es reconocido. Pero es ese el tipo de persona que transforma el mundo, el que después de muchos errores consigue hacer algo que tendrá un gran impacto en su comunidad.

Son personas que no pueden quedarse esperando que las cosas sucedan, para después poder decidir qué actitud adoptar: deciden en la medida en que actúan, aun sabiendo cuán arriesgado puede ser eso.

Convivir con estas personas es importante para un arquero, porque él debe entender que, antes de pararse frente al blanco, debe ser lo suficientemente libre para cambiar la dirección a medida que acerca la flecha a su pecho. Cuando abre la mano y suelta la cuerda, debe decirse a sí mismo: "mientras abría el arco, recorrí un largo camino. Ahora suelto esta flecha consciente de que arriesgué lo necesario y di lo mejor de mí".

Los mejores aliados son aquellos que no piensan como los demás. Por eso, al buscar compañeros con los que compartir el entusiasmo del tiro, sigue tu intuición y no te guíes por comentarios ajenos. Las personas siempre juzgan a los demás teniendo como modelo sus propias limitaciones, y en ocasiones la opinión de la comunidad está llena de prejuicios y miedos.

Únete a los que experimentan, se arriesgan, se caen, se lastiman y se vuelven a arriesgar. Apártate de quienes afirman verdades, de quienes critican a los que no piensan como ellos, de quienes jamás han dado un paso sin tener la certeza de que serán respetados por ello, y prefieren la certidumbre a la duda.

Únete a los que se exponen y no temen ser vulnerables: pues entienden que las personas solo pueden mejorar cuando observan lo que su prójimo hace, no para juzgarlo, sino para admirarlo por su dedicación y coraje.

Tal vez pienses que el tiro con arco no podría interesarle a un panadero o a un agricultor, pero te aseguro que ellos aplicarán lo que han visto a lo que hacen. Y tú harás lo mismo: aprenderás del buen panadero cómo usar las manos y cuál es la mezcla exacta de los ingredientes. Aprenderás del agricultor a tener paciencia, a trabajar duro, a respetar las estaciones y a no maldecir las tormentas, porque eso sería una pérdida de tiempo.

Únete a los que son flexibles como la madera de tu arco, y entienden las señales del camino. Son personas que no titubean si hay que cambiar de rumbo cuando aparece una barrera insuperable o cuando vislumbran una mejor oportunidad. Esas son las cualidades del agua: rodear las rocas, adaptarse al curso del río, a veces transformarse en lago hasta que la depresión se llene y pueda continuar su camino, porque el agua no olvida que su destino es el mar, y que más tarde o más temprano debe llegar a él.

Únete a los que nunca dicen: "se acabó, es necesario parar". Porque así como la primavera sigue al invierno, nada puede acabar: después de lograr tu objetivo es necesario comenzar de nuevo, usando siempre todo lo que aprendiste en el camino.

Únete a los que cantan, cuentan historias, disfrutan de la vida y tienen alegría en la mirada. Porque la alegría es contagiosa, y siempre logra impedir que las personas se dejen llevar por la depresión, la soledad y las dificultades.

Únete a los que hacen su trabajo con entusiasmo. Pero para que puedas serles útil como ellos te son útiles a ti, es preciso saber cuáles son tus herramientas y cómo podrás perfeccionar tus habilidades.

Por lo tanto, llegó la hora de conocer tu arco, tu flecha, tu blanco y tu camino.

El arco

El arco es la vida: de él proviene toda la energía.

La flecha partirá un día.

El blanco está lejos.

Pero el arco permanecerá siempre contigo, y es necesario saber cómo cuidarlo.

Necesita periodos de inactividad; un arco que siempre está armado, en estado de tensión, pierde su potencia. Por lo tanto, déjalo reposar y recuperar su firmeza: así, cuando estires la cuerda, estará contento y con su fuerza intacta.

El arco no tiene conciencia: es una prolongación de la mano y el deseo del arquero. Sirve para matar o para meditar. Por lo tanto, sé siempre claro en tus intenciones.

Un arco tiene flexibilidad, pero también tiene un límite. Un esfuerzo que vaya más allá de su capacidad lo quebrará, o dejará exhausta la mano que lo sujeta. Por lo tanto, procura estar en armonía con tu instrumento y no exigirle más de lo que te puede dar.

Un arco está en reposo o tensado en la mano del arquero; pero la mano es solo el lugar donde se concentran todos los músculos del cuerpo, todas las intenciones del tirador, todo el esfuerzo para el tiro. Por lo tanto, para mantener el arco abierto con elegancia, haz que cada parte dé solo lo necesario, y no disperses tus energías. Así podrás disparar muchas flechas sin cansarte.

Para entender a tu arco, es necesario que se convierta en parte de tu brazo y en una extensión de tu pensamiento.

La flecha

La flecha es el intento.

Es lo que une la fuerza del arco con el centro del blanco.

El intento tiene que ser cristalino, recto, bien equilibrado.

Una vez que la flecha parte, no volverá: así que es mejor interrumpir un tiro si los movimientos que te llevaron a él no han sido precisos y correctos, antes que actuar precipitadamente solo porque el arco ya estaba tenso y el blanco estaba esperando.

Pero nunca dejes de soltar la flecha si lo único que te paraliza es el miedo a errar el tiro. Si has hecho los movimientos correctos, abre tu mano y suelta la cuerda. Aunque la flecha no dé en el blanco, sabrás afinar la puntería la próxima vez.

Si nunca te arriesgas, jamás sabrás qué debes cambiar.

Cada flecha deja en tu corazón un recuerdo, y es la suma de esos recuerdos lo que te hará disparar cada vez mejor.

El blanco

El blanco es el objetivo a alcanzar.

Fue elegido por el arquero, pero está distante y no lo podemos culpar si no lo alcanzamos. En eso reside la belleza del camino del arco: jamás podrás disculparte diciendo que el adversario era más fuerte.

Fuiste tú quien escogió el blanco, y tú eres el responsable.

El blanco puede ser mayor, menor, estar a la derecha o a la izquierda, pero tú siempre tienes que colocarte frente a él, respetarlo, hacer que se acerque mentalmente. Solo cuando esté en la punta de tu flecha podrás soltar la cuerda.

Si ves el blanco como un enemigo, puede que llegues a acertar el tiro, pero no lograrás mejorar nada en ti mismo. Pasarás tu vida intentando solo insertar una flecha en el centro de un objeto de papel o madera, lo cual es absolutamente inútil. Y cuando estés con otras personas, te quejarás de que nunca haces nada interesante.

Por eso, necesitas elegir tu blanco, dar lo mejor de ti para alcanzarlo, y siempre mirarlo con respeto y dignidad: necesitas saber qué significa y cuánto esfuerzo, entrenamiento e intuición ha requerido.

Al mirar el blanco, no te concentres solamente en él, sino en todo lo que ocurre a su alrededor: porque la flecha, al ser disparada, se encontrará con factores con los que no cuentas, como el viento, el peso, la distancia.

Debes entender el blanco. Necesitas preguntarte constantemente: "Si yo soy el blanco, ¿dónde estoy? ¿Cómo me gustaría ser alcanzado para honrar al arquero como se merece?".

Porque un blanco solo existe en la medida en que el arquero existe. Lo que justifica su existencia es el deseo del arquero de alcanzarlo. Sin él será una cosa muerta, un pedazo de papel o madera al que nadie le presta atención.

Así, de la misma forma en que la flecha busca el blanco, el blanco también debe buscar la flecha, porque es ella quien le da sentido a su existencia: ya no es simplemente un pedazo de papel, sino el centro del mundo del arquero.

La postura

Una vez que entiendes el arco, la flecha y el blanco, es necesario tener serenidad y elegancia para aprender la práctica del tiro.

La serenidad viene del corazón. Aunque muchas veces se ve torturado por pensamientos de inseguridad, él sabe que conseguirá lo mejor de sí a través de la postura correcta.

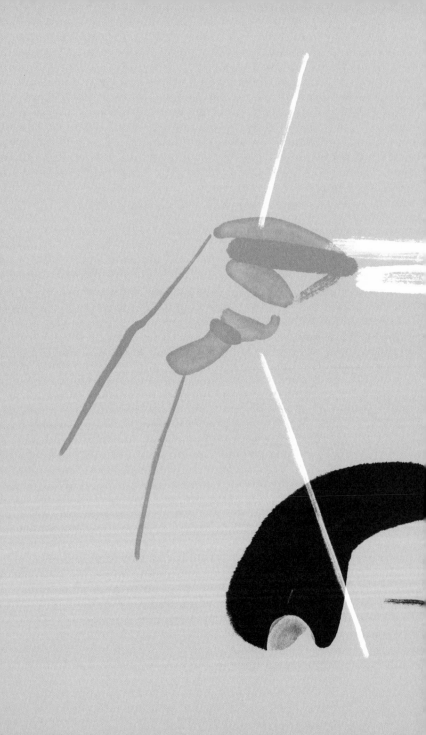

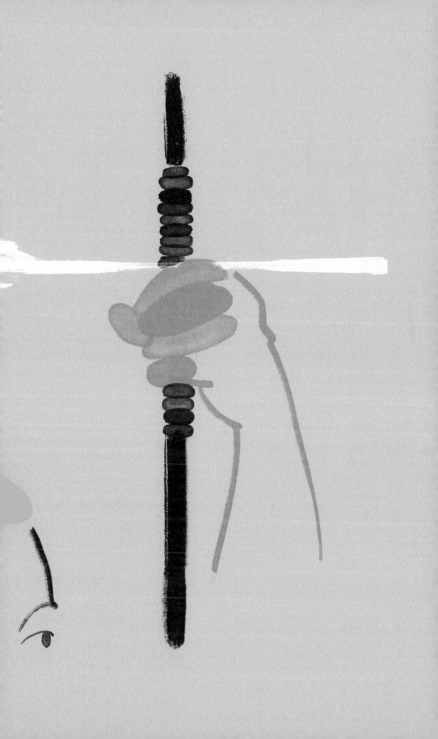

La elegancia no es algo superficial, sino la manera que encontró el hombre para honrar la vida y el trabajo. Por eso, cuando sientas que la postura es incómoda, no pienses que es falsa o artificial: es la verdadera porque es difícil. Ella hace que el blanco se sienta honrado por la dignidad del arquero.

La elegancia no es la postura más confortable, sino la postura más adecuada para que el tiro sea perfecto.

La elegancia se alcanza cuando se descarta todo lo superfluo, y el arquero descubre la simplicidad y la concentración: cuanto más simple y más sobria sea la postura, más bella será.

La nieve es hermosa porque solo tiene un color; el mar es hermoso porque parece una superficie plana; pero tanto el mar como la nieve son profundos y conocen sus cualidades.

CÓMO SUJETAR LA FLECHA

Sujetar la flecha es estar en contacto con tu intención.

Es necesario ver toda su longitud, ver si las plumas que guían su vuelo están bien colocadas, verificar la punta, tener la certeza de que está afilada.

Asegurarse de que esté recta, que no haya sido curvada o dañada por un tiro anterior.

La flecha, con su simplicidad y ligereza, puede parecer frágil, pero la fuerza del arquero hace que transporte la energía de su cuerpo y de su mente. Cuenta la leyenda que una simple flecha fue capaz de hundir un navío, porque el hombre que la disparó sabía cuál era la parte más débil de la madera, y así abrió un agujero que hizo que el agua penetrara sin ruido en la bodega, destruyendo la amenaza de los invasores de su aldea.

La flecha es la intención que deja la mano del arquero y parte en dirección al blanco; por lo tanto, es libre en su vuelo y seguirá el camino que le fue destinado en el momento del tiro.

Será tocada por el viento y por la gravedad, pero eso forma parte de su recorrido: una hoja no deja de ser una hoja solo porque una tormenta la arrancó del árbol.

Así es la intención del hombre: perfecta, recta, afilada, firme, precisa. Nadie consigue detenerla mientras atraviesa el espacio que la separa de su destino.

Cómo sujetar el arco

Ten calma y respira profundamente.

Todos tus movimientos son percibidos por tus aliados, y ellos te ayudarán en lo que sea necesario.

Pero no olvides que el adversario también te está observando, y sabe la diferencia entre la mano firme y la mano trémula: por lo tanto, si estás tenso, respira profundo pues eso te ayudará a concentrarte en todas las etapas del tiro.

En el momento en que sujetas el arco y lo colocas —con elegancia— delante de tu cuerpo, procura repasar mentalmente cada etapa que te llevó a preparar el tiro.

Pero hazlo sin tensión, porque es imposible tener todas las reglas en la cabeza; y con el espíritu tranquilo, a medida que repasas cada etapa, serás consciente de cuáles fueron los momentos más difíciles y de cómo los superaste.

Eso te dará confianza, y tu mano dejará de temblar.

CÓMO EXTENDER LA CUERDA

El arco es un instrumento musical cuyo sonido se manifiesta en la cuerda.

La cuerda es grande, pero la flecha solo la toca en un pequeño punto; y es en ese punto donde debe concentrarse toda la sabiduría y experiencia del arquero.

Si ese punto se mueve un poco a la derecha, o a la izquierda, si está por encima o por debajo de la línea de tiro, jamás se alcanzará el objetivo.

Por lo tanto, al extender la cuerda sé como el músico que toca su instrumento. En la música, el tiempo es más importante que el espacio: un grupo de notas colocadas en línea no quiere decir nada, pero quien lee lo que ahí está escrito logra transformar esa línea en sonidos y compases.

Así como el arquero justifica la existencia del blanco, la flecha justifica la existencia del arco: puedes lanzar una flecha con la mano, pero un arco sin flecha no tiene ninguna utilidad.

Por lo tanto, cuando abras los brazos no pienses que estás estirando el arco. Piensa que la flecha es el centro, inmóvil, y que estás haciendo que el arco y la cuerda se aproximen a sus extremos, tocándola con cuidado, pidiéndole que coopere contigo.

Cómo mirar el blanco

Muchos arqueros se quejan de que, a pesar de haber practicado por años el arte del tiro, todavía sienten que el corazón se les dispara de ansiedad, que la mano les tiembla, que la puntería les falla. Tienen que entender que un arco o una flecha no pueden cambiar nada, pero el arte del tiro hace que nuestros errores sean más evidentes.

El día que te falte el amor en la vida, tu tiro será confuso, complicado. Verás que no tienes la fuerza suficiente para estirar la cuerda al máximo, que no logras que el arco se doble como es debido.

Y esa mañana, al ver que tu tiro es confuso, intentarás descubrir qué provocó tal imprecisión: así enfrentarás un problema que te perturba, y que hasta entonces estaba oculto.

También puede ocurrir lo contrario: tu tiro es seguro, la cuerda suena como un instrumento musical, los pájaros cantan a tu alrededor. Entonces percibes que estás dando lo mejor de ti.

Sin embargo, no te dejes llevar por los tiros de la mañana, sean precisos o inseguros. Aún te quedan muchos días por delante, y cada flecha es una vida en sí misma.

Aprovecha los malos momentos para descubrir lo que te hace temblar. Aprovecha los buenos momentos para encontrar el camino hacia tu paz interior.

Pero que ni el temor ni la alegría te detengan: el camino del arco es un camino sin fin.

EL MOMENTO DE DISPARAR

Existen dos tipos de tiro.

El primero es aquel que se realiza con precisión, pero sin alma. En este caso, aunque el arquero tenga un gran dominio de la técnica, se concentra exclusivamente en el blanco; por eso no ha evolucionado, se ha vuelto repetitivo, no ha logrado crecer, y un día dejará el camino del arco porque piensa que todo se transformó en rutina.

El segundo tiro es el que se realiza con el alma. Cuando la intención del arquero se transforma en el vuelo de la flecha, su mano se abre en el momento preciso, el sonido de la cuerda hace cantar a los pájaros, y el gesto de lanzar algo a distancia provoca, paradójicamente, un retorno y un encuentro consigo mismo.

Tú sabes el esfuerzo que tomó abrir el arco, respirar profundo, concentrarte en tu objetivo, tener clara tu intención, mantener la elegancia de la postura, respetar el blanco. Pero también debes comprender que nada en este mundo se queda con nosotros por mucho tiempo: en un momento dado, tu mano tendrá que abrirse y dejar que tu intención siga su destino.

Por lo tanto, la flecha tiene que partir por más que ames todos los pasos que te llevaron a la postura elegante y a la intención correcta, y por más que admires sus plumas, su punta y su forma.

Pero no puede partir antes de que el arquero esté listo para el disparo, porque su vuelo sería corto.

No puede partir después de haber alcanzado la postura y la concentración exactas, porque el cuerpo no resistiría el esfuerzo y la mano comenzaría a temblar.

Tiene que partir en el momento en que el arco, el arquero y el blanco estén en el mismo punto del universo: eso se llama inspiración.

LA REPETICIÓN

El gesto es la encarnación del verbo: es decir, una acción es un pensamiento que se manifiesta.

Un pequeño gesto nos delata, de modo que debemos perfeccionarlo todo, pensar en los detalles, aprender la técnica de tal modo que se vuelva intuitiva. La intuición nada tiene que ver con la rutina, sino con un estado del espíritu que está más allá de la técnica.

Así, después de mucho practicar, ya no pensamos en todos los movimientos necesarios: estos pasan a formar parte de nuestra propia existencia. Pero para eso es necesario entrenar y repetir.

Y como si no fuera suficiente, es necesario repetir y entrenar.

Observa a un buen herrero trabajando el acero. Para el ojo no entrenado, está repitiendo los mismos martillazos.

Pero quien conoce el camino del arco sabe que cada vez que el hombre levanta el martillo y lo hace descender, la intensidad del golpe es diferente. La mano repite el mismo gesto, pero conforme se aproxima al hierro sabe si debe tocarlo con más dureza o con más suavidad.

Lo mismo pasa con la repetición: aunque parezca lo mismo, siempre es distinta.

Observa el molino. Para quien ha visto sus aspas solamente una vez, parece girar a la misma velocidad repitiendo siempre el mismo movimiento.

Pero quien conoce los molinos sabe que las aspas están condicionadas al viento y cambian de dirección siempre que es necesario.

La mano del herrero se entrenó repitiendo miles de veces el gesto de martillar. Las aspas del molino son capaces de moverse con velocidad porque el viento ha soplado mucho y ha pulido sus engranajes.

El arquero permite que muchas flechas pasen lejos de su objetivo porque sabe que solo aprenderá la importancia del arco, de la postura, de la cuerda y del blanco después de repetir sus gestos miles de veces, sin miedo a equivocarse.

Y los verdaderos aliados jamás le criticarán porque saben que el entrenamiento es necesario, que es la única forma de perfeccionar su instinto y su golpe.

Hasta que llega el momento en que ya no es necesario pensar en lo que se está haciendo. A partir de ahí, el arquero se convierte en su arco, en su flecha y en su blanco.

CÓMO OBSERVAR
EL VUELO DE LA FLECHA

Una vez que la flecha ha sido disparada, ya no hay nada más que el arquero pueda hacer, excepto acompañar su recorrido en dirección al blanco. A partir de ese momento, la tensión necesaria para el tiro ya no tiene razón de existir.

Por lo tanto, el arquero mantiene los ojos fijos en el vuelo de la flecha, pero su corazón reposa y sonríe.

La mano que soltó la cuerda retrocede; la mano del arco hace un movimiento de expansión; el arquero se ve obligado a abrir los brazos y a enfrentar, a pecho abierto, la mirada de sus aliados y de sus adversarios.

En ese momento, si entrenó lo suficiente, si consiguió desarrollar su instinto, si mantuvo la elegancia y la concentración durante todo el proceso del disparo, sentirá la presencia del universo y verá que su acción fue justa y merecida.

La técnica hace que las dos manos estén listas, que la respiración sea precisa, que los ojos puedan fijar el blanco. El instinto hace que el momento del disparo sea perfecto.

Quien pase cerca de ahí y vea al arquero con los brazos abiertos, con la mirada siguiendo la flecha, pensará que está detenido. Pero los aliados saben que la mente de quien hizo el disparo ha cambiado de dimensión, y está ahora en contacto con todo el universo.

Continúa trabajando, aprendiendo todo lo que aquel disparo te ha aportado, corrigiendo los eventuales errores, aceptando sus cualidades, esperando a ver cómo reacciona el blanco al ser alcanzado.

Cuando el arquero estira la cuerda, puede ver el mundo entero dentro de su arco. Cuando acompaña el vuelo de la flecha, este mundo se le aproxima, lo acaricia y hace que tenga la sensación perfecta del deber cumplido.

Cada flecha vuela de manera diferente. Dispara mil flechas, y cada una te mostrará un recorrido distinto: ese es el camino del arco.

El arquero sin arco, sin flecha, sin blanco

El arquero aprende cuando olvida las reglas del camino del arco y comienza a actuar basándose solo en su instinto. Sin embargo, para olvidar las reglas es preciso conocerlas y respetarlas.

Cuando el arquero alcanza ese estado, ya no necesita los instrumentos de aprendizaje.

Ya no necesita el arco, ni las flechas, ni el blanco, porque el camino es más importante que aquello que lo llevó a caminar.

Lo mismo sucede con el alumno que está aprendiendo a leer; llega un momento en que se libera de las letras aisladas y comienza a crear palabras con ellas.

Sin embargo, si todas las palabras estuvieran unidas no tendrían sentido, o complicarían mucho su comprensión: es necesario que existan espacios entre las palabras.

Es necesario que, entre una acción y la siguiente, el arquero recuerde todo lo que hizo, converse con sus aliados, descanse y se sienta contento por el hecho de estar vivo.

El camino del arco es el camino de la alegría y del entusiasmo, de la perfección y del error, de la técnica y del instinto.

Pero solo lo aprenderás a medida que vayas disparando tus flechas.

Epílogo

Cuando Tetsuya dejó de hablar, ya estaban en la puerta de la carpintería.

—Gracias por la compañía —le dijo al muchacho.

Pero este no se movió.

—¿Cómo puedo saber si lo estoy haciendo bien? ¿Cómo estar seguro de que tengo la mirada concentrada, la postura elegante y el arco sujetado de la forma correcta?

—Imagina que tienes un maestro perfecto siempre a tu lado, y haz todo lo posible para respetarlo y honrar sus enseñanzas. Ese maestro, a quien muchos llaman Dios, otros llaman "algo", otros llaman talento, siempre está ahí, mirándonos. Él merece lo mejor.

"Y acuérdate también de tus aliados: debes apoyarlos, porque ellos te ayudarán en los momentos en que los necesites. Procura desarrollar el don de la bondad: este don te permite estar siempre en paz con tu corazón.

"Pero, sobre todo, no olvides esto: lo que te he dicho son tal vez palabras inspiradas, pero solo tendrán sentido si las experimentas.

Tetsuya extendió la mano para despedirse, pero el muchacho le dijo:

—Solo una cosa más: ¿cómo aprendiste a tirar?

Tetsuya reflexionó un poco: ¿valía la pena contestar? Pero como aquel había sido un día especial, terminó abriendo la puerta de su taller.

—Voy a preparar un té. Y te voy a contar una historia, pero tendrás que prometer lo mismo que le pedí al extranjero: nunca hablarás con nadie sobre mi habilidad como arquero.

Entró, encendió la luz, volvió a envolver su arco con la larga tira de cuero y lo colocó en un lugar discreto; si alguien lo hallara por casualidad, pensaría que era solo un pedazo de bambú retorcido. Fue a la cocina, preparó un té, se sentó junto al muchacho y comenzó a contar su historia.

—Yo trabajaba para un gran señor de los alrededores: era el encargado de cuidar sus establos. Pero como él siempre estaba de viaje y yo tenía mucho tiempo libre, decidí dedicarme a lo que consideraba la verdadera razón de vivir: la bebida y las mujeres.

"Un buen día, después de varias noches en vela, sentí un vértigo y caí en medio del campo. Pensé que iba a morir, y me rendí. Pero un hombre al que jamás había visto pasó por el camino, me recogió, me llevó a su casa, que se encontraba muy lejos de aquí, y cuidó de mí durante varios meses. Mientras reposaba, lo veía irse al campo todas las mañanas con su arco y sus flechas.

"Cuando me sentí recuperado, le pedí que me enseñara el arte del arco: era mucho más interesante que cuidar caballos. Él me dijo que la muerte se había acercado demasiado, y ahora no podía hacerla retroceder: yo ya había causado mucho daño a mi cuerpo físico y ahora la muerte estaba a tan solo dos pasos.

"Si quería aprender, sería solo para que la muerte no me tocara.

"Un hombre de un país lejano, al otro lado del océano, le había enseñado que era posible desviar por algún tiempo el camino hacia el precipicio de la muerte. Pero en mi caso, yo debía ser consciente por el resto de mis días de que estaba caminando al borde de ese abismo, y que podía caer en él en cualquier momento.

"Entonces me enseñó el camino del arco. Me presentó a sus aliados, me obligó a participar en las competencias, y pronto mi fama se extendió por todo el país. Cuando vio que yo ya había aprendido lo suficiente, me quitó las flechas y el blanco, y solo me dejó el arco como recuerdo. Me dijo que empleara todas esas enseñanzas para hacer algo que verdaderamente me llenara de entusiasmo.

"Yo le dije que lo que más me gustaba era la carpintería. Él me bendijo, me pidió que partiera y me dedicara a lo que me gustaba hacer, antes de que mi fama como arquero terminara por destruirme o me llevara de vuelta a mi antigua vida.

"Desde entonces, cada segundo libro una batalla contra mis vicios y mi autocompasión. Necesito estar concentrado, mantener la calma, hacer con amor el trabajo que escogí, y jamás apegarme al presente. Porque la muerte todavía sigue muy cerca de mí, el abismo está a mi lado, y yo camino por el borde.

Tetsuya no dijo que la muerte estaba siempre cerca de todos los seres vivos: el muchacho era todavía muy joven, y no necesitaba pensar en eso.

Tetsuya tampoco dijo que cada etapa del camino del arco estaba presente en cualquier actividad humana.

Solo bendijo al muchacho, de la misma forma en que él había sido bendecido hacía muchos años, y le pidió que se fuera, porque había sido un largo día y necesitaba dormir.

Agradecimientos

A Eugen Herrigel, por el libro *Zen en el arte del tiro con arco* (Ed. Pensamento).

A Pamela Hartigan, directora general de la Schwab Foundation for Social Entrepreneurship, por describir las cualidades de los aliados.

A Dan y Jackie DeProspero por el libro en colaboración con Hideharu Onuma-san, *Kyudo* (Budo Editions).

A Carlos Castaneda, por la descripción del encuentro del nahual Elías con la muerte.

Descripción

El arquero cuenta la historia de Tetsuya, el mejor arquero del país, quien trasmite sus enseñanzas a un niño de su aldea. El trabajo y el esfuerzo diarios, la superación de las dificultades, la constancia y la valentía para tomar decisiones arriesgadas son aspectos que van surgiendo a lo largo del relato.

Paulo Coelho ha sabido plasmar en estas pocas páginas muchos de los valores que inspiran nuestro día a día: innovación, flexibilidad, adaptación al cambio, entusiasmo y trabajo en equipo.

"He escrito este texto en el que arco, flecha, blanco y arquero son parte integrante de un mismo sistema de desarrollo y desafío".

—Paulo Coelho

SOBRE EL AUTOR

Paulo Coelho es uno de los escritores más leídos e influyentes del mundo. Todas sus novelas, entre las que se encuentran *El alquimista*, *Veronika decide morir* y *Once minutos*, se han convertido en éxitos internacionales. Sus obras han vendido más de 320 millones de ejemplares y se han traducido a 82 idiomas. Coelho ha recibido destacados premios y menciones internacionales: desde octubre de 2002 es miembro de la Academia Brasileña de Letras, y en el año 2007 fue nombrado Mensajero de la Paz de la ONU. Vive con su esposa en Ginebra, Suiza.

SOBRE EL ILUSTRADOR

Christoph Niemann, nacido en Waiblingen en 1970, es
ilustrador y escritor. Desde 1998 colabora regularmente
con *The New Yorker, National Geographic* y *The New
York Times Magazine.* En 2010 se convirtió en miembro
del Art Directors Club Hall of Fame de Nueva York.
Vive en Berlín con su familia.

·